# 给你的信

诗选
1996
—
2013

杨子 著

漓江出版社

**图书在版编目(CIP)数据**

给你的信：诗选1996—2013 /杨子著 . —桂林：漓江出版社，2019.11
ISBN 978-7-5407-8740-0

Ⅰ.①给… Ⅱ.①杨… Ⅲ.①诗集-中国-当代 Ⅳ.①I227

中国版本图书馆CIP数据核字（2019）第206757号

---

# 给你的信：诗选1996—2013

GEI NI DE XIN：SHIXUAN 1996—2013

杨子 著

出 版 人：刘迪才
策划编辑：陆 源
责任编辑：陆 源
助理编辑：林培秋 孙静静
装帧设计：周伟伟
责任监印：黄菲菲

---

出版发行：漓江出版社有限公司
社 址：广西桂林市南环路22号
邮 编：541002
发行电话：0773-2583322 010-85893190
传 真：0773-2582200 010-85890870-814
邮购热线：0773-2583322
电子信箱：ljcbs@163.com
网 址：http://www.lijiangbook.com

印 制：香河县闻泰印刷包装有限公司
开 本：787 mm × 1092 mm 1/32
印 张：7 字 数：240千字
版 次：2019年11月第1版 印 次：2019年11月第1次印刷
书 号：978-7-5407-8740-0 定 价：42.00元

---

# 目录

# I

## 一切有情之物的鼾声

# “珍珠色的黎明我已很久没有看见”

珍珠色的黎明
我已很久没有看见。
我和那么多黑铁球一起
睡在世界的渊面，
在咸味和腥味中浸泡太久，
无法睁开眼睛。

为何那么多人，越来越多的人，向蓝得骇人的大海走去？

2007

# 重又升起红色的光线

我在寒冷天气修改我的诗篇，
像没完没了敲打的石匠。
有时几乎要成功，
停下来抽根烟，
心想着，快了，快了。

像耐心的石匠，
只知对付眼前
没眼睛没嘴巴的石头，
伏在书桌上读啊写啊，
直到把原本光明的生活
涂得一团漆黑，
直到这一团漆黑中重又升起
红色的光线
和激动的鸟鸣。

1998

# “在铁锈般的夜色中畅饮美酒”

深夜，沉浸在契诃夫
和川端康成带给我的
甘美愉悦中，
仿佛我置身其中的
不是铁锈般的夜色
淹没的五羊新城，
而是闪光的伊豆半岛
和无边的俄罗斯草原。
这时我那被灰尘和噪音
弄得无比迟钝的嗅觉
突然动物般灵敏，
能闻到篝火和白桦林的气息，
温泉沐浴的少女的气息。
无法将这甘美的气息
馈赠给早睡早起的朋友——
我像贪杯的水手溜到舱底，

一个人在铁锈般的夜色中
畅饮美酒。

2005

# 小小疾病

隆冬，
有人在北方骑车上班，
出了一身汗。
有人在南方爬到十八楼，
出了一身汗。
打喷嚏的却是我，
一个懒洋洋的家伙，
睡到阳光晒在肚皮上，
起床撒尿，
三五步，
感冒了。

我们用小小疾病让自己强壮。

2005

# “找块平地躺下来”

不要每天洗澡，
不要像个少年
只眷恋文学和足球，
不要在睡觉前
想难过的事情，
刺破皮肉的
愤怒的骨头，
要把它推回去——
激流中挣扎太久，
现在让我们上岸，
找块平地躺下来，
做一个明知不会永久占有的梦。

2007

# “月光不会照耀”

月光不会照耀心中只有阴暗的人。
一座大桥垮了，
另一座也垮了。
长了一颗黑痣的脸
接受光洁的脸的奉承，
而梦中前往鞑靼草原的男子
正在辨认天书般的文字，
在风化的土墙上。

月光不会照耀心中没有月光的人。

2007

## 失望

我把自己关在铁屋里。
窗外挤满了人，
喊我名字，
拍我窗户。

也许我会穿过漆黑的烟囱
直升云端。
也许不是我直升云端，
而是他们
“哎呀”一声掉下去。

他们没有掉下去，
仅仅是，离开了。
不再喊我名字，

不再拍我窗户——

他们早已失望透顶。

2009

# “不要用昆虫的复眼”

这是致命的忧郁——
把生活放在显微镜下，
用昆虫的复眼
打量花瓣上的霉斑！

逼得太近，
我们被玫瑰刺伤。
无论古代的珍宝
还是今天装模作样的美，
不要放在显微镜下，
不要用昆虫的复眼去看……

2007

# “挤在一起”

地上的卵石，我们的头颅，
哦，多拥挤，多雷同！
没有一块卵石
没有一颗头颅
可以逃离命运——
密密麻麻
挤在一起，
小心翼翼
留出空隙。

时间的奥秘，
种类的奥秘——
挤在一起，
挤在一起。

我已掷出我的骰子，
让冷峻主宰我，

让星辰指引我——
在人世曲折的大道上，
与谦卑勇敢的人结为同盟，
与雌雄难辨恶贯满盈的家族
势不两立。

2013

## “奇寒的冬日不会有人来到海边”

奇寒的冬日不会有人来到海边，
不会有名贵轿车
不会有大人物前呼后拥
来到杳无人迹的海边，
不会有人在海边尖叫，奔跑。
深蓝的海，寂寞的海，
不会有好奇的游客冲它
张大嘴巴。

艳丽如虹的鱼
安详地游动，
仿佛在恒温大鱼缸里。
无主的海，黑蓝的海，
不需要任何刺激和安慰。

2005

## 楼顶

深夜，我听见楼顶
一个女人在喊：
“走开！走开！”
我爬到楼顶，
看见她浑身颤抖，
冲着茫茫黑夜高喊：
“走开！走开！”
我想靠近她，哄她，
让她平静下来。
出人意料的是，
我和她一起在楼顶上喊：
“走开！走开！走开！”

2010

# 雾

太阳莅临。
涌动在大地上的雾，
压在被褥和颧骨上的雾
散了。
带着哭腔的鸟儿
沉寂了。
我们脸上未见霉斑，
我们腰间没有黑洞，
于是我们歌唱，
仿佛在歌唱中永生。
我们一起吃饭，
仿佛永远一起。

三角梅盛开，
夹竹桃和芍药盛开，
但唯一的香味来自女孩，
清洁的女孩。

这香味似乎剥光了她，
以满足黑洞洞
窗口的窥视。

我们的窥视。
我们看不清，
我们眼里
有一层荫翳。

现在我们要出门了。
我们永远不会承认，我们也是雾，
任意改变形状的雾，渗透并且抹去一切的雾——
这是我们身体里溢出的爱的雾，恨的雾，莫名其妙的
　　雾，
只要一个遇到另一个，一群遇到另一群，
这雾就会在我们头顶涌起，
四处弥漫，经久不散。

2003

## 假的

我听见远方有人夸耀他的清贫，
他从清贫中得到的快乐——
假的。
我听见男人对女人说：
只要你一句话，我就留下来，
我没钱，但今生今世，为你当牛做马——
假的。
我看见阳光，绿树，
一条大河，几只鸭子，
女人的美，风景的美，知识的美——
假的。
膝盖隐隐作痛，
仿佛铁针在扎。
阴雨绵绵的下午，
唯有看不见的针

和膝盖的痛
是真的。

2005

# 变故

凌晨，蒙古人孟驰北去世。
傍晚，苹果向中国人道歉。
老朋友离开妻子和内地
回到边疆，隐姓埋名。
我翻出他早年的译作，
字体刚硬，如截岩机切出的
方方正正的石块。
杰弗斯，他花岗岩般的诗篇
二十年前无人知道，
二十年后寂寂无闻——
所有花岗岩都是这样的命运。
二十年前他带女孩去我那儿混，
整夜交头接耳，窸窸窣窣，
几天后告诉我，没搞成。
二十年后我们搞成什么？
什么也没搞成！

2013

## “不要这么美，这么明亮”

不要这么美，这么明亮，
不要用绝色的光辉
照耀濒死的大地，
——月亮！

在人世胡乱走了一回，
我们得到土豆和羞愧，
我们唯一的安慰
是你不分贵贱
给大家分配了
动人的光辉。

太热了，
有人伸出狗舌头。
沥青和马粪

溅到脸上。

必须有这样的戏弄，
因为有人爱着马尔代夫的月亮。
必须有这样的清算，
因为有人把小块小块的国土
存进瑞士银行。

不要这么美，这么明亮，
不要用绝色的光辉
照耀这个所有人躲进
带空调的小方盒，
所有人混账地吹着口哨
从后代那儿盗窃珍宝的
狂妄的星球。

在人世胡乱走了一回，
我的身子有淡淡的香水味道，

我的心像古墓里的钱币，

我的形象和年代

我的身份和心肠

难以辨认……

2010

## “我们没有港口，我们没有船”

月亮上没人看电视，
没人把汽车开进更多的汽车。
我们没有港口，
我们没有船，
没有致命的厌倦来把我们推到
肮脏的泡沫上。
我们有汽车，
我们把汽车开进更多的汽车。

为什么所有人都在按喇叭？
为什么孩子们还在歌唱？
热衷于发明的疯子
终于发明了自己的对头——
一个尚未命名的大神，
在电视上，在广告里，
亿万人簇拥他。

我们没有港口，
我们没有船，
我们的大海在电视里，
我们的印度，我们的塔希提
在探索频道，
我们坐在沙发上驶向幸福的小岛，
我们的大海是窗外的风景：
更多的汽车，
戴墨镜的女人，
西装革履的男人。
加油站，小卖部，
排长队的旅客
个个打着小旗子。
光秃秃的岩石山，
闯入农田的工业园，
幽灵般住在水边
养殖牡蛎的村民……
我们没有港口，
我们没有船，
我们驾驶汽车

飞翔在神奇的高速公路，
而衰竭如同暮色，
打开车窗
就会涌入肺里。

2012

## “没有一个能在镜中认出自己”

我看到太多野蛮的画面在今天的大街上，
没看到小桥流水，铁匠鞋匠，
叫卖桂花和糯米元宵的小贩，
没听到鸟鸣，报时的钟声
和山坡上悦耳的诵经。
我看到的脸都是黑的，四周是更黑的
尚未命名的东西，
我看到的脸不是人脸而他们全都有名有姓，
那些紧捂住腹部的手，
那些向着窗外看不见的东西挥舞的手。
我看到另一条大街是另一个世界同一个世界，
万头攒动熙熙攘攘的世界，
他们和他们的先人像一个模子里刻出来的，
本分，狡黠，顺从，颟顸，温柔，凶狠，
在模拟的竞争和暗箱操作中大显身手，
在广告的巫术中变成白痴。
我看到他们急匆匆上床没时间恋爱，

我看到他们闪电般分手没心思纠缠，
我看到她们全都变成高龄产妇，
我看到他们全都进了高危名单，
没有一个睡得香甜，
没有一个天亮时看到阳光，听到激动的鸟鸣，
没有一个能在镜中认出自己。

2013

## 深夜闪电

闪电穿透窗户，
飞到我们胸口。
我们在床板上
野猫般弓起身子。

这是第一次
我们跪在你面前，
感觉到阵阵烈焰。

没出过问题，
没受到质疑，
没付出代价，
仍在快活，
仍在逍遥。

而闪电直抵胸口，
如索命凶神，

向我们头上，身上
抛撒恐怖的热灰。

2013

## 你的脸

你的脸无数次在镜中掠过，
你以为是同一张脸而它们是别的脸，
你以为仍然是你而你早已变成另一位，
数不清的变化将灵魂撕出一个窟窿，
你看不见而当你看见
已无法赎回
失去的一切。

2013

## “一切有情之物的鼾声”

万籁俱寂的夜里，
一切有情之物的鼾声
都是一样的，
阿猫阿狗的鼾声
好人坏人的鼾声
都是一样的，
都是那么均匀，深沉，
让我们相信
此刻的世界
和平得像无边的银子，
闪着动人的光辉。
那在噩梦中挣扎哭泣的
是我们中最善良最软弱的——
他睡相苦涩，
他鼾声如雷，
如在惊涛骇浪上，
如在刀山火海里。

下半夜，
终于安静了，
他的呼吸那么均匀，
那么深沉——
几乎是幸福的。

2009

# “爱必须长存”

无论多沮丧
最后
我们必须将勇气的钢盔
扣在头上
给老人、妇女
和孩子们看见
无论那是多么短暂的安慰
我们是男人
必须用不存在的斧头
劈开冰封的大海
必须用我们没有的本领
驱赶屋顶上的魔鬼
我们会在大海深处
看到自己的骸骨
我们会在岸上

看到我们的亲人
爱必须长存
勇气必须长存

2006

# 伟大的武器

一定会有和平的种子
埋在看不见的地方，
像一种神奇的药物，
像一位母亲，
她将生育无数光明的孩子，
像一件伟大的武器，
在最后一刻
制服可怕的猛兽。
我们都要耐心等待，
不要怀着愤恨，怀着轻蔑
砍下彼此的脑袋。

2007

## “一定还有一个地方”

一定还有一个地方，
麦子已经熟透，正在镰刀下
发出甜蜜的叫喊。
不幸和愚蠢尚未致命。
一定还有劳作后疲惫透顶的人
在温热如女人躯体的土地上酣睡。

一定还有一个地方，
太阳宁愿在那儿，
在甘甜如女人躯体的土地上过夜。
没有人担心黑暗降临，
没有人害怕光阴流逝，
无所眷恋的心
是四季的守护神。

一定还有一个地方，
智慧不是用来制造魔法戕害同类，

他们的欲望，他们的抱负
不像我们这么变态——
他们不会为露水般短暂的骄傲
毁了永世的宁静，永世的欣悦。

2007

## “大地仍在”

大地仍在，
山河仍在，
闪亮的松针
和银子般的小溪仍在，
母羊温柔的眼睛仍在，
在海拔更高的地方。

还有你，你也在——
微微隆起的胸，
黑宝石般快活的眼睛！
连衣裙上亮晶晶的圆片
反射树林上方纯净的光芒。

我们活过的岁月！
那么多坚贞与牺牲
那么多善良与温顺
是否像水银泼在地上，

像雨水落入沙漠——
转眼被人遗忘？

多少次，我从麻风的快车上跳下去！
我们的脸被谎言和懦弱改变了模样！
我们与贪婪的苦苦斗争，
我们与土地和天空结下的仇，
我们的忏悔和保证——
多如恒河沙砾的造孽啊！

但，
大地仍在，
山河仍在，
还有你，你也在，
你的美散发动人的光辉，
与树林上方的光芒交相辉映，
在我对你的情欲暂停以后，
我对你的爱反而更强烈……
我可以从每一声鸟鸣，每一片闪光的树叶
听到我的心跳

你的心跳
在海拔更高的地方……

哦，我们落在末法时代，
不在一起，却从未分离。
夜深人静，我们躺在人世无边的大床上，
我们活过的平庸岁月
我们为之哭泣的美与正义的破产
都不能将我们分开。
大地仍在，
山河仍在，
在海拔更高的地方——
我们的心不用盼望清凉，
我们的脚步自动慢下来，
我们向每一滴雨水，每一片闪光的树叶
投去感激的微笑——
在他们看到那么多死亡的地方，
我们看到
大地仍在，
山河仍在，

闪亮的松针，
银子般的小溪，
母羊温柔的眼睛……

2010

# II

## 人世

## 苍蝇

苍蝇在餐桌上飞，
久久不肯离去。
如果我面露杀气，
它会停在空中，
喊出我的名字！

2004

# “码头上灯火通明”

码头上灯火通明。
白狗将黑狗撵到海里。
大卡车呼啸而过，
像心脏挂在胸前的疯子。

远方海上，
两只货船，
两个孤儿。

运送麦子还是棉花？
毒品还是钢锭？
沉默的大海，
沉默的堤岸。

人造沙滩上，
通体黝黑的男孩走过去。

他在收拾游客们扔掉的纸屑、果皮
和热情的男女留下的避孕套。

2000

## 生态公园

全城最烂的公交车
行驶在最烂的路上，
沿途转了很多弯，
好像要带我们出境。

一路上都是这样——
废品站，西瓜摊，
发廊白天亮着灯，
很多铺子关了门，
就连一家大工厂
也像死去了一样，
黑洞洞的窗户里
没有一丝人间气息。

无主的欧式别墅
在田野上烂尾，
无主的小木船

停在臭水河上。

谁会在老鼠岗下车？
除了一家三元理发店，
这一站什么都没有。

临近公园，绿色多起来。
连着看到两个警告牌：
白天进去摘果子，罚100，
夜里进去摘果子，罚200。

公园里除了荔枝树龙眼树黄皮树
就是几个卖黄皮的老太太。
荔枝龙眼下市了，只好吃黄皮。
小沟边挤满举着钓竿的人，
那些傻蟛蜞真被他们钓上来。

我们在草地上铺了毛巾被，
吃黄皮，吃雪糕，
听他们叽叽喳喳，

看他们跑来跑去。

我在树下读三岛，
翻译很糟糕，
但我还是领会到
这个日本人
闪烁其词的法兰西文风。

吃了太多黄皮，
两手黏糊糊。
一滴雪糕落在毛巾被上，
引来那么多蚂蚁。

叫不出名字的
米粒般的小花
不停地落在我身上。

2000

## 南京西路

傍晚，南京西路，
小巷里跑出个皮条客：
“先生要不要找乐子？”
跟着我纠缠了一会儿。

我走进一家面馆。
这里很明亮，
这里很安全，
我累了。

下午，美术馆的黑帐篷里，
我看见宫岛达男的彩色数字
在我手心里跳，
我的心脏跟着它们一起跳——
9——8——7——6
5——4——3——2……
——像我的一天，

像我的一生。

我要了一碗面，吃得干干净净。
对面的女孩一直低头看手机。
她吃了排骨，喝掉面汤，剩下面条，
走了。

厨师跟老板说，我下班了。
脱掉白大褂，换上银西装，
他和跨国公司里的小伙子
没有两样。

我的身子暖和起来，
开始往回走。
在原先那个巷口，
又碰见那个皮条客。

“先生，你看你，
瞎逛那么久，还是一个人！”
“你怎么还在这儿？”

“我在等你呀！”

我哈哈大笑，走开了。
那么多霓虹灯，那么多广告，
两个女孩坐在墙角抽烟，
美丽，冷酷，难以亲近。

2000

## 正午的昆虫

他在炎热的正午打盹，
什么也没梦见。
他醒来，
阳光从小腿
移到脸上。

过道里有人斥责小姑娘。
窗外是永恒的噪音，
雨点般的碎石
打在窗玻璃上。

那些背着旅行包的人
不过是做做样子。
唯有一声不吭的人
抱定坐穿牢底信念的人
才有可能
彻底消失。

他的脸从阳光中滑出。
整整两小时，
他在废纸中翻来翻去，
像最笨的侦探在取证，
像一只昆虫被黄油粘住，
慢吞吞往后退，
似乎并不急于脱身。

2001

# 冒烟

满脸汗水的人匆匆回家，
刚到门口就听见电话响，
像一只愤怒的老鸟。
他不接，
假装没回家，
假装不在这座城市，
假装跟任何人没关系。
但他越是无动于衷
越是和俗世这头母狗连在一起，
尾巴冒烟，浑身颤抖，
连铁棒都无法将他们分开。

2005

# 黑色花絮

但是的确有人得了绝症，
的确有人翻船落水，
他那裹着棉衣的身子
会不会被大海烫伤？
的确有人疯了，
径直走到不信他疯了的
好人面前，
大声宣布：
我，真的，疯了呀！

空气中飘满细小的
黑色花絮。
我们坐在窗前，
静静地喝着杯子里的东西，
你的咖啡，她的奶茶，我的威士忌。
在二沙岛，
在灯火璀璨的夜色中，

黑色花絮落入喉咙，

有点痒，

有点窒息。

我只是轻轻咳了一下。

2005

## “天亮以后一切都不会改变”

大地已经败坏，
天空已经败坏，
发黑的蔚蓝中，
鸟儿很难飞成直线。

不会有人说永别。
美好的音乐混进了蚊子
和综艺节目，
鸟儿从空中坠落，
不会有人痛哭。

干净的人和龌龊的人
睡在一起，
在候车室的长椅上。
每个人都在苦苦等待天亮，
天亮以后一切都不会改变。

2005

# 人世

应该有争吵，

应该有响亮的耳光，

应该有铁器打碎玻璃，

应该有珍珠撒落一地，

应该有肮脏的拖把挂在那儿，

滴水……

人世有我们看不见的玄妙，

把顶在喉咙的尖刀

化为春水。

很多年后，

你想争吵，

已没有争吵的对象，

你想砸碎玻璃，

已没有玻璃可砸，

生活的珍珠撒落一地，

肮脏的拖把挂在那儿，
滴水……

看不见的诡异
不恳求我们服从，
不害怕我们反对，
不加重我们的苦役，
不减免我们的惩罚，
以可怕的耐心潜伏，
如骨髓里的炎症，
一碰到适宜天气
就冒出阴森的火苗，
提醒我们不要高兴得太早。

2006

# “越来越多的消息”

密集的雨点
整夜打在窗上。
醒来才发现，
不是雨，是泥浆！
有人在过道坐了一夜，
四肢瘫软，眼神哀愁，
无论谁来劝说，
都不肯打开行李！
越来越多的消息
堆在床上饭桌上，
堆在眉毛胡子上。
天亮时才发现
窗玻璃上溅满泥浆！
隔了很久，
我们的嘴才动一下，
吐出一两个含混的字眼。
没有人呵斥，

没有人辩解，
没有人哭泣。
背上的冷汗
干了，
臭袜子的味道
发霉食物的味道
难闻的腋下和穿了很久的
衣服的味道
挥发了。
越来越多的消息
荨麻一样围住我们。
蝴蝶飞走，
留给我们的
只有难看的蛹，
在床上饭桌上
在我们脸上
轻轻震动……

2006

## 迷惘突然变得强大

我们沿着黑洞洞的楼梯
往上走。很多猫……
蜡烛的火焰
顺从某种残酷的心愿，
一动不动……
没有一把椅子
倒扣桌上，
没有一个人坐在阳台上，
威胁说要跳下去。
……只是，那瓶烈酒
被什么人干掉了。
屋里充满苦胆的气味，
缠绵病榻的身体的气味……
无论我们多么急切，
今晚什么也做不成，
一切都该躺下，
一动不动，

因为，从未留意的迷惘
突然变得强大。

2007

# 药

药还没来，地址还没找到，
疼痛只在肋骨撞到硬物时
才露出黑洞洞的眼窝……
在我们以为是平地的悬崖上走了这么远，
走了这么远都没掉下去，
唯一的原因
就是以为脚下是平地……
医生还没来，
骇人的隐情尚未宣布……
貌似寡言，内心嘀咕，
身体的某些部分
还受着古老火焰的管辖，
唯一的原因
就是以为自己还年轻……
在我们身边，小姐疯叫，
唱着我们从未听过的歌曲。
夜色从窗口涌入，

吞没我们的脸，我们的手和脚……
更多的酒来了，
更多的妖精……
药还没来，
地址还没找到，
我们还在走，
大地猝然中断……
我们去摸姑娘的腿，
只摸到冰冷的岩石……

2007

# “在梦中的鞑靼王国漫游”

所有人鼾声如雷的深夜，
我在梦中的鞑靼王国漫游，
吃到沙砾和雪，
接受有关爱和洁净的戒律，
没遇到一个男人，一个女人。
我在所有人都在颠倒的梦中微笑或尖叫的早晨醒来，
听见快乐的鸟鸣和汽车隐隐的轰响——
被欲望组装得如此骇人的巨兽
还没本事毁掉鸟儿的快乐，我们的快乐。
我从神奇的梦中醒来，
脑袋嗡嗡响——
我梦见所有的冤家抱在一起，
所有的亲人相互射击。
再过一小时，
这巨兽就要从所有人都在微笑或尖叫的梦中醒来，
驱动所有的轮子，所有念念有词的嘴，

所有心算和笔算，所有面具和暗器，
开始又一轮的厮杀……

2007

# “在市场大神的指令下”

只能在午夜，在阳台眺望，
其他时间我都在路上疾走。
只能在梦中拥抱，
其他时间我都在轰隆隆的车间。
每天都有新订单，
每天都有新人入伙，
每天，我们在一万架飞机起降的轰鸣中
制造我们不认识的东西，
在市场大神的指令下
麻木地敲打、编织、拆毁……
我们推动历史的轮子，
而那些怪人
正把大奖发给那个用牙齿拉动火车的印度胖子。

2007

## 哭泣的芦苇

野鸟，野鸟！
你们在哪里？
星星，星星！
你们在哪里？
无边的芦苇，
银子般闪亮的芦苇，
瑟瑟发抖的亡灵。

连绵不绝的
爆破的声音，
彻夜不停的
打桩机的轰鸣。
工地上灰扑扑的蓝花，
河边油污的小鸟，
眼睛闪着无辜的
湿润的光。
这是真的——

机器戕害了土地，
机器撕裂了山河。

冷风吹过黑洞洞的厂房，
吹过粉尘飞舞的车间，
吹过废弃的稻田与荷塘，
吹过枯瘦的葵花秆棉花秆。

我们匍匐在地，
嗅着逼近的雷电的气味，
湖面升起的死鱼瘟猪的气味，
不寒而栗。

这是真的——
我们毁灭了土地，
我们戕害了自己。

野鸟，野鸟！
你们在哪里？
星星，星星！

全无踪影！
煤渣上灰扑扑的小鸟，
它无辜湿润的眼睛
令人垂泪。
无边的芦苇，
银子般闪亮的芦苇，
瑟瑟发抖的亡灵。

匍匐在僵死的土地上，
我们身体里有个小东西
发出婴儿般的啼叫。

1996

# 在大地被改造得无法接纳种子以后

钢铁的砧板，骨头的砧板，肉的砧板，
死亡的屏风，死亡的镜子，死亡的玄关，
聪明人毫发无损游走其间——

必须砍掉凶猛的植物，
必须换掉太硬的床垫，
必须让饥饿的身体一次性得到餍足，
必须摘掉扣在脑袋上的
火焰之盔……

大地变成老妇的躯体，
我们只好把保存下来的种子
全部吃掉……

2007

## “注射了种马之血的大街”

在注射了种马之血的大街上，
在直达总部的秘密合同里，
在冒着肮脏泡沫的
社会的直肠和毛细血管里，
我们暧昧的顺从！
我们阴沉沉的本性！

看不见的侏儒发布指令：
快！更快！
不许掉头！
不许停下！

我们暧昧的顺从
我们震荡的伦理
维护着钢铁的威权。
我们祖传的慢性子
一次次将梦想

变成屈辱的合同。

哦，太快，太快！
在粉碎中只能收获粉碎，
在泥浆的底座上，
雄伟的宫殿随时倒塌。
而我们将巨石顶在头上
沿着陡坡疾走，
来不及停下，
来不及喊一声：
“妈妈，我在这里！”

赞美你，变成机器的人！
机器般精确，冰冷，
机器般有着用不完的蛮力。
赞美你，注射了种马之血的大街！

你昼夜不息的骚乱
你神经和骨髓的震颤
你伸出无数吸盘的情欲

你油锅狱拔舌狱的梦魇
对应我们心中
井水般涌出的渴望。

我们头顶巨石的身子！
我们暧昧的顺从！
我们祖传的慢性子！
我们全体的畏葸！

哦，太快，太快！
那么多人涌上台，
那么多人站在屋顶上，
目光痴狂——
这痴狂是人间
最大的神秘。

痉挛的手抓住什么？
车辆尾部的废气？
河面上油污的绝美花纹？
那些黑眼睛的鸽子！

那些玛丽莲林黛玉！
不过是计算机里
冰冷的程序。

一颗迷恋往昔的心
像白昼的电灯，
像白昼的电灯一样
什么都不能照亮。
痉挛的手驱赶巨型蟾蜍——
我们的影子！
我们的未来！

落日啊，
请埋葬我们坚硬的暧昧，
我们阴沉沉的本性，
我们正在崩溃的形象。

1996

# “现在我知道连失望也需要力气”

我知道世界上幸福的不可能

——弗朗西斯·雅姆

十二月的天空阴沉沉。
平底锅上的煎蛋冷了。
电视里是纯洁的肉体
和淫荡的画面。
现在我知道连失望也需要力气。

风，可憎的风。
有人在香港冻死了，
更多人在斯里兰卡淹死。
风，可憎的风
在我头上刮着。

现在我知道连悲伤也需要力气。
悲伤了太久，再让我悲伤，

就像住在顶楼赶上停电，
必须徒步爬到二十八层，
——我不愿意！

2004

## “不在清凉的花园里与蝴蝶嬉戏”

不在书房里，
不在爱的卧榻上，
不在清凉的花园里
与蝴蝶嬉戏。
我在毒辣的太阳下，
我在炎热的通道里，
我在无端地欢喜
无端地阴郁的人群中。
我被狂暴的太阳吸住，
吊在街道和市场上空。
你也一样，
你脸上一样是受难的表情。
我没有力量护佑你，
没有神通变成喷泉
扑灭恶毒的火焰。
我们就这么相互凝望着走在我们的命运里。

不在书房里，
不在爱的卧榻上，
不在清凉的花园里
与蝴蝶嬉戏。
我在毒辣的太阳下，
我在一部飞快运转的万能机器的齿轮里……

2007

## “有时这颗心要求三百里的时速”

有时，这颗心要求三百里的时速，
有时，记忆中的悲痛与欢爱
向我们勒索更大的悲痛，更强烈的欢爱，
最终一切都被时间变成
悲哀的药渣。

人间万物，
没有一件稳如磐石，
没有一件一动不动，
就连死亡也不是一动不动，
在黄昏奇异的反光中，
它的颜色更深了。

室内的兰花
枯萎了。
但满墙绿萝活下来，
向着阳光攀缘，

舒展了灵魂。

有时，我想，
没有你我是活不下去的，
没有我你也活不下去。
但更多的时候我是没有你的，
你也是没有我的，
我们活下来，
这是怎样的奇迹呢？
洪水从我们头上冲过去，
我们活下来，
我们活下来，
早已不在原先的地方。

制造新的欢爱多难啊，
几乎不可能吧。
我被看不见的激流
冲向这里那里。
有时很开心，
笑得忘乎所以——

这是深深的恐惧
在发作。

世上的男人仍在急急忙忙地工作，求欢，
世上的女人仍在急急忙忙地洗衣，做饭，
每天我们都能看到奇异的闪光
和僵死的阴暗，
这是孩子们的欢乐
在反对我们的悲伤。

2007

# 一个指甲在午夜突然疼痛

指甲隐隐作痛，
令我坐卧难安。
堆积成山的麻烦
还没有放过我啊。

人间的爱，人间的恨
还没有放过我啊。
而一年就要结束了，
一辈子就要结束了。

如果我没有心情看柳树抽芽，燕子飞过，
如果我没有铁的戒律约束野蛮的肉体，
这说明什么呢？
这说明，不可深究的生命

已经变质，像存放太久的粮食
难以下咽，

像一个指甲
在午夜突然疼痛。

2009

## 闪电

闪电什么也没带来！
他震怒，
闪电什么也没粉碎！

一切都保持着痴呆的
幸福模样，
鲜花在死水里怒放，
而燕子，
燕子飞过瘟疫的天空。

他们眼睑发青，
昏睡如故，
淫邪如故。

更多的闪电在路上，
天空的奥秘仅仅泄露一半。

更多的震怒在后边——
他们只剩下坚硬的天灵盖。

2009

## “黑暗中的嫩枝啊”

黑暗中的嫩枝啊，
我不会和你相遇。
我在汽车和汽车之间
晕头转向，
我在可怕的气候中
坏了脾气。

你的手在热风中摇曳，
是邀请还是拒绝？
我们口腔里的怪味
我们寒酸的口音
不会打搅你——
你的心不受浊世管辖。

黑暗中闪光的嫩枝啊，
我只能掉头而去。

2009

# 太早或太晚

我没想到会有这么多
到得太早的人，
太阳照耀他们大腿上的汗毛
和脖子上的青筋，
照耀她们脸上的痣
和胸口的欲念。
到得太迟的
衣衫褴褛，
逢人便说
天没亮就出发，
一路上吃尽苦头。
隐隐约约的钟声
仿佛出自太阳。
所有人都陷入缄默。
而怀疑论者坐在家里，
读拉比的箴言
和狄德罗的雄文。

他明白他是尘土而不是钻石，
他盯着地上的虫子而非天上的星宿，
他对渴望不朽的人
充满了蔑视。

2012

# 中阴

太多生灵处于中阴状态，
有些穿着比基尼，
有些戴着瓜皮帽，
另一些赤裸如牙齿，如钱币，如眼泪，
没有什么可以惊醒他们，
无论是窗外晃动的巨大绳索，
门缝淌进来的狗尿，
默默的祈祷，威胁的尖叫
还是冲过防波堤的
黑暗波涛。
深更半夜，那无人访问的怪人
将世人的痛苦做成狗皮膏药，
天亮前他要拿到市场去卖掉。

2012

# 白杨说

我听见年轻的白杨说：
把你的手，拿开！
我害怕从高高的台阶上跳下去
震碎脚踝。
我看见一只大蜘蛛在浴室里，
我和它惊惶地对视一秒，
同时跑开。
我看见报纸上有人对不复存在的东西
情意绵绵。
我听见年轻的白杨说，
把你的手
拿开！

2013

## “从现在起”

从现在起，苹果自动长出商标，
令我大吃一惊。
从现在起，所有的风景
都像明信片。
从现在起，你的微笑
是一种招牌，
朝向大街上
每一位行人。
从现在起，
我们的悲欢，生死，
行走，坐卧，
都变得一模一样，
仿佛受到
某位大神的遥控。
从现在起，
再也没有早晨，
再也没有黄昏，

只有灰蒙蒙的光，
白天黑夜都是它。

2013

## “我在工地上醒来”

我在工地上醒来，
浑身酸痛，
仿佛这一觉
根本没睡。
三年，五年，
八年，十年，
都是这样——
我在工地上醒来，
迷迷糊糊，
凉水洗脸，
冷馍充饥，
不知道在忙什么。
像个幽灵，
和千千万万幽灵一起
在陡峭的作业线上，
一颗螺丝钉
百万颗螺丝钉

一动不动，

而命运粗大的缆绳

在身边晃动，

仿佛来自地下的寒光。

2013

## “时间啊时间”

时间啊时间，
你把我变成什么？
你把他们变成什么？

年复一年，
秋叶在我身边落下。
年复一年，
寒气追逐我，
——亿万白色的野蜂！

再次听到他们的消息，
已经有死亡，有背叛，
所有人认赌服输，
所有人偃旗息鼓。
再次见到他们的脸，
已形同路人。
而我，我坐在冷板凳上，

年复一年
翻开《旧约》第一页，
翻开《论语》第一页，
再也没有幸福的无知，
再也没有宝贵的宁静。
我左边的池塘，
我右边的悬崖，
我身上的落叶，
我头上的白发！
我们都有了新的台词，
新的易容术和脱身术，
在中年的工地上
望着无法竣工的大厦，
失去最后的耐心，
而未来像一把破伞
在风中，在雨中
在野蜂飞舞的白色寒气中
翻跟头。

时间啊时间，

你把我变成什么？
你把他们变成什么？
群氓脸上的无畏！
假贵族刺目的徽章！
而我，我的老骨头
被惊恐的所得税
磨得越来越尖锐。

2013

## 但愿

但愿我的厌倦像阳台上的空酒瓶子，
被收破烂的外省女人扔进蛇皮袋里……
但愿我能改掉不向别人倾诉
不听别人倾诉的恶习，
但愿摩托车的噪音刹那死灭！
但愿那只焦灼的鸽子
在欲望阉割的时光里
享有别的快乐——
清水，玉米，和我古怪的手势。
但愿我的脊骨不要散了架，
但愿你们从我身上认出和你们一样的禀性——
我像你们一样铁石心肠，
我像你们一样柔情缱绻。
但愿我悄悄回到凡人中间，
听听他们千奇百怪的逸闻，
也让他们听听我的诡辩，我的忏悔。
这个恍惚、软弱的我

无法赢得我真心的爱。
我更爱那个虚构的我，
那个梦中前往鞑靼草原的我，
那个热爱契诃夫和格列柯的我。
我的每一行诗里都有我的气息，
而我仅仅是它们猥琐的倒影。
但愿兰花蔑视花盆里的臭味，开出最美的花。
但愿这个夏天我瘦一点，坚定一点，
摆脱即将虚脱的狂人形象，
回到清水、白菜，和对生活的
清淡的爱。

2005

# 大车间

我以为只有我一个
在密室里，在峭壁上
写着古怪的句子。
往四周一看，
才发现我在一个巨大的车间里，
那么多人埋头在书桌上，
犹如裁缝在缝纫机上，
废寝忘食，磨铁成针。
我看到更多的车间，更多的人，
每个人身边都有一个麻袋，
有人从里边拿出卡夫卡和博尔赫斯，
有人从里边拿出《伪经》《奥义书》或六十四卦，
有人从里边拿出女人的一绺青丝，
有人从里边拿出皱巴巴的梦，
有人从里边拿出父亲谴责的书信，
有人寒冬腊月穿着小背心，
有人大热天披着老棉袄，

有人耳朵上夹根烟，
有人钱包里放避孕套，
有人不停地发短信
给折磨他的小妖精。
五分钟
或一辈子，
他们完成那么多分行文字，
押韵或不押韵，
抒情或反抒情，
他们把它叫作诗，
靠它活命万万不能，
如果你一把夺去，
扔到阴沟里，
却会要了他们的命，
他们会一起高喊，
吓死你。

2009

# III

## 八行诗

（1998 · 节选）

## 2

烟在柴垛上颤抖，
河水降到最低处。
经历了太多的爱，
肉体变得像棉花。
低头不语的那位
是活人还是幽灵？
在太阳和腐肉之间，
无用是漫长的事业——无尽头。

## 11

而风，清凉的风，在哪里？
而风，可怕的风，在哪里？
冰在角落融化，
树梢一动不动。

以为灾难远在天边，
以为今天吃到明天还能吃到，
而洪水，高过屋顶的洪水
转眼冲到我们鼻尖。

## 16

河流冒着腥味的热气，

像刚刚掏出的动物内脏。

光线暗下来。

劳动者在他不爱的劳动中睡着了。

孩子在荒野尖叫：

“妈妈！妈妈！”

黑衣人向我们走来，

做出不怀好意的拥抱的姿态。

## 17

阴影像提问，
落在写字台上。
假装不知道已经没有明天，
我们的微笑多镇定。

太阳下山前我们干什么？
吵架，还是散步？
不停地打扫，不停地洗手。
阴影像紫花，落在我们肩上。

## 18

那些戴眼镜的女孩
全都读过弗洛伊德。
我听见她们喊：“我要！”
在这个吝啬时代，她们得到多少爱？

她们要的不是工程师小官员，
她们要的是英俊的卡通王子——
他的爱没那么脏，没那么狭隘，
他的力量不会一下子枯竭。

## 20

树林里没有永生的恋人，
只有喘息的肺病患者。
光明影院旁的小巷里
佝偻的小屋陷入暗影。

街道无语，路灯阴沉，
公交车除了司机空无一人。
我们喝烧酒，吹牛皮，
很晚回家，像穷祖先一样。

## 23

不要市场来做我的村庄，
不要汽车来做我的新娘。
在梦想和梦想之间，
我是无用的空白。

哦，盛开的寂静，
肉体是怎样透明！
轮子从我身上碾过，
我站起来，拍拍尘土，大笑着离开。

# 28

天又暗下来。
白夜随时光临。
我该打开每一盏灯，
把看不见的鬼轰走吗？

看不见的鬼
从我两腿之间飞走。
天又暗下来。
远方那座桥，震颤的白光。

## 30

点亮体内的灯，
让我穿过中年的沼地，
微笑着把枯枝和死鸟
沉入青铜般的湖水。

天空。细雨。黑葡萄。
我需要维生素A，维生素B，维生素C，
我需要一盏灯融化脊椎里的冰，
我的骨头在人造黑暗中走得太久。

## 31

挑剔的嘴闭上了，
悲愤的人睡着了，
空调的轰鸣中
一只黑猫梦游。

它伸出爪子
去抓看不见的蝴蝶，
它围着塑料郁金香疯转，
打翻了盛放眼泪的酒杯。

## 35

走在汽车配件街上，
我像个傻子；
走在五光十色的名店街上，
我像个瞎子。

口袋里藏着一首未发表的诗歌
和对一个远方姑娘的灼热的爱，
我担心在陌生的街上走得太久，
我会变成一个汽车轮胎推销员。

## 36

他们给他很多钱
让他做一头阉驴。
他笑着答应了，
他笑着躺下去。

我在阳台上眺望宏伟的铁桥，
我看见那么多汽车四脚朝天，
浮在白云上——
我的鼻子突然流血。

## 42

他们当着我的面
传递做了暗号的纸牌；
他们当着我的面
清点来路不明的钱。

雾的橡皮擦去银行，法院
和千家万户的轮廓。
世界不复存在。又突然醒来，
像一座疯人院沿街漂流，怒吼。

## 43

枯枝败叶的小树林里，
鸟鸣是神经衰弱的幻觉。
知识分子的餐桌上，
黑葡萄蒙了一层雾气。

小鸟真的来过，鸣叫过。
我们的耳朵听到什么？
在汽车杀猪般的嚎叫
把所有的美毁灭的时候。

## 44

他们读博士，
吃象拔蚌抄凯恩斯。
他们驾驶凯迪拉克
和女友幽会。

曙光升起。微笑僵硬。
我弯下腰假装系鞋带，
不让他们看到曙光升起时
我心中依然一片灰暗。

## 45

冰凉的夜，冰凉的污水。
有人狗一样冲着电线杆撒尿。
我用玩具手枪瞄准银行门口
威风凛凛的石兽。

口腔里抽出无尽的纸条，
印满汉语、英语和聒噪的注释。
那是谁的呓语，谁的申诉，
谁因谎言和偏见一文不值的回忆？

## 46

时间在眼角刻出皱纹，
我在黑发中看到白发。
来了，来得真快！

黑夜吞没道路和脸。
餐盘里的冷肉——
来了，来得太快！
准备好了？——好了！
准备好了？——没有！

## 47

音乐家的手指在琴键上跑，
比雨点更快！
欢乐和忧愁，
一对燕子雨中翻飞！

有人在桥上走走停停，
有人把铁钉砸进花岗岩，
而流水正开出一朵一朵
幽灵般的小花。

## 48

他们把我的护身符扔进猪圈，
他们把我赶进野蛮的车间，
他们给我一顶安全帽，
他们给我一台昼夜不停的机器。

像读书人脑袋深处的疾病，
机械的世界旋转，轰响，昼夜不停。
逼急了，我会把开关瞎按一气，
让它猛地痉挛，彻底瘫痪。

## 50

他们吃光秃秃的孔雀，
油光水亮的男人。
他们议论别人的艳遇，
油光水亮的男人。

一直在咀嚼，在议论，
直到鱼刺卡住喉咙，
歪着脖子站起又坐下，
滑稽的模样令人忍俊不禁。

## 52

那么多车灯，
夜之河流上的萤火虫。
那么多人来不及祈祷
就睡了。

谁听见失踪者的喊叫？
谁绑起母牛的四个蹄子，
要把这流泪的畜牛杀掉？
我去倒茶，却把手伸进垃圾桶里。

## 54

当月光像污水漫过屋顶，
当人们在噩梦中猛地坐起，
当果园变成沙漠，
当葡萄变成沥青——

万物都睡了，散发着不情愿的苔藓气息。
微微起伏的肚子，龇牙咧嘴的怪相。
看不见的手抓住大地四角
提到高空，重重地摔下去。

## 56

黑色的花烫伤我的视线。
正是野兽繁衍的季节，
石头像土地长出的瘤子——
我已忘记欢乐是什么颜色。

铁桶里数不清的虫——
多节，透明，跳动。
黑色的花像我的心脏，
在倒伏的枝干上生长。

## 58

我听到的不是鸟鸣，
是电钻的怪叫。
我看到的不是白杨，
是电焊的蓝色鬼火。

军医学校的女孩雨中奔跑，喊着口号，
她们的性深藏在湿透的军装下边。
我打了一个喷嚏。音箱里，绿发小鬼
击鼓、弹琴，不知所云。

## 60

天亮了。魔鬼旺盛的精力
回到人身上。足球和汽车拉力赛。
干干净净的妇女
为我们压住黑色的命运。

大街像毁坏的钢琴，
人们在上边踏出古怪的声音。
消息在嘴巴的黑洞里进进出出，
爱与冷淡像树苗，转眼高过我们头顶。

## 61

夜色温柔。大酒店的一盏盏灯
在污水河上放射钻石的光芒。
失眠症患者和焦虑症患者躺在
温泉浴池里，谈论他们的老板。

有人皱眉，好像要哭。
有人刚刚停药明天又要吃。
大酒店的一盏盏灯在污水河上
放射钻石的光芒。

## 62

窗外的黑暗是一张大嘴。
我把空酒瓶扔出去。
晾在风中的白床单啊，
可爱的气味消散了吗？

我咬住生活犹如野狗
咬住飞出去的骨头。
我冲着窗外的黑暗喷了一口烟。
灰尘缓缓降落在每一件事物上。

## 67

云中的小鸟啊，

云中鸣叫的小鸟，

在你眼里我是可笑的猎人，

扛着一杆破枪在郊外游荡，

捡到几根土拨鼠的毛，

靠在电线杆上打盹。

云中自由的小鸟啊，

不要用动人的鸣啭让我恸哭。

## 69

当魔鬼降落在北方和南方，
当物质降服了男人和女人，
冲着冰雹挥舞扫帚的老人
在驱赶什么？

谁把死去的河流放上手术台？
谁把麦地和良心送进了法庭？
当鸦群在体面人的酒宴上盘旋，
他们可知道怎样的命运在降临？

## 70

春天，一百辆马车
朝着太阳的方向前进。
一百个男人用铁扫帚
扑打空气中亡灵的气味。

黑色的腐土抽出响亮的叶片。
姑娘，你的微笑是每个人的镇痛剂。
一百辆马车在土路上前进，
高音喇叭唱着：春天多美丽。

## 75

父亲的谴责已归于沉寂，
我的船驶入中年的码头。
我看见褪色的旗秃顶的山，
我的锚紧咬住轰鸣的快车。
那些诱惑我的幻觉都已年老色衰。
我突然想起，我全力反抗的父亲
也许根本就没错——
于是流下混浊的泪。

## 80

在钢铁和塑料年代写诗
并且幻想是多么奢侈。
你的咒语——“停下！停下！”
对轮子不起作用。

每分每秒，在钢铁和塑料中呼吸，
在灰扑扑的树林和瘟疫的头盔里。
如果你摘下头盔，
就得把幻想一同摘下。

## 85

“我讨厌吃孔雀肉的人！”
尖叫，
眼珠发黄，
该去医院了。

午餐吃到沙子。
旧书里找到早年的红叶，
迎着光看到美丽的纤维。
猫儿跳过门槛，去追乌云的投影。

# Ⅳ

# 献给虚空的非十四行

（1998·节选 ）

## 1

没人关心早晨的鸟鸣何时终止。
没人发现微笑何时从微笑者心中移出。
所有的船搁浅，
所有的鳍腐烂。

渐弱的爱改变了我们的气味。
闪电在手里，软绵绵。
不停地有人拍打门板，
不停地有人送来药片。

水泥的波浪，
破碎的纪念碑，
多余的圣人，脑袋被孩子们当球踢。

空间萎缩，鸟鸣取消。
到处是闪光的水洼，
闪光的妖怪的眼睛。

## 6

大雨下了三天。
歪歪扭扭的房子
堆满废品的河滩
斑鸠惊悚的叫喊
使人如在异乡。

听着古怪的音乐，
迷迷糊糊睡着了，
梦中又上了那条老路。

雨中的铁桥和柏油路
笨拙的行人黝黑的树
使人如在异乡。

雨中的叫喊无人听见。
我向路边的野狗投去苍老的一瞥，
我爱遥远的死者和更遥远的生者。

## 8

更多的乌云，更黑的沙漠，
最硬的头颅，我看到你了。
桌上放着你的英译本，
我低头校对我的汉译。

人世不可修理我的气味——
一个赢得晦暗的诗人，
在世纪末的怪气候里，
一个逆流又停下的怪人。

晚餐时抱怨菜烧咸了，
却还是喝了几杯烧酒。
突然想起你的沃罗涅什，
飞快地冲进书房——另一个王国，
恰好是我们在尘世的倒影，
一切都变了模样，包括脸和心。

## 9

所有的人昏睡，他们要离开一会儿。
所有的心变了颜色，他们要活下去。
我的书房是暗夜中悲痛的萤火虫。

死去的人群开口说话，
说的是土豆而不是来世，
说的是上班而不是永恒。

乌黑的夜，雪亮的夜
压在千家万户屋顶。
仁慈的夜，狠心的夜。

没有慰藉，没有欣悦的清凉，
只有裂缝，只有嗡嗡响的热，
枯叶的亡灵回到睁大眼睛的树干上。
我的书房是悲痛的萤火虫，
在暗夜火热的渊面漂流。

## 10

暴雨悬在头顶。

我身上的骨头，

出水的锚链哗哗响。

大风过后，月亮显形。

脸色从铁青

恢复到红润。

难道每天如履薄冰？

难道每天惊恐一回？

我得警惕我这张嘴

和一天天松开的腰带。

我向断腿乞丐施舍了吗？

我守住威严的戒律了吗？

难以下咽的羞愧积在一起，

我要找个无人的地方烧掉。

## 11

夜的道路透明，
舞蹈的人透明。
整天读中文的西洋经，
总觉得不对劲。

有时我惊恐地想到，
我写了一屋子的诗！
那么多半成品——
我写了一辈子的诗！

黑蝇盘旋，
冲进酒杯，
而我不得不忍着。

而孩子们一夜间长大，
捧着录像带走到我面前：
“请吧，这是我们的地盘。”

## 12

人烟稀少的公社里，
野兔吃掉白杨的皮，
乌鸦向妇女和麦地俯冲，
流沙埋住我的双腿。

模糊的喊叫
纯洁的尘土
和一封没有地址的信
在天空的黑棉袄里飞。

世界步入毁灭之年，
而我待在偏僻乡村，
看着那些野家伙
在我四周跑来跑去。

人烟稀少的公社里，
流沙埋住我的眼睛。

## 14

四月在上升的泡沫中结束。
有人扔掉脏手套，
有人神经质地笑。

花照开，雨照下，污点在扩散。
孩子们的足球打中我们的窗户，
告密者把胡子的话记在本子上，
尽管那只是酒席上拙劣的玩笑。

雨照下，花照开，有人神经质地哭。
而那个抱着宠物狗的少妇还在做梦，
她愿意花十万跟迷人的巴乔睡一觉，
她从火热的七月等到冰冷的十一月。

诗人的鼻孔里尽是灰，
他却不停地洗手，
好像手上沾了脏东西。

## 15

突然，我像受惊的鸟儿
猛烈地扑打翅膀。
这时大地冰封，太阳尖叫。

我是谁？难道不能像他们
与丑蝴蝶和脖子上的怪物聪明地周旋？
难道不能像扔垃圾，扔掉作祟的梦魇？

死亡爬上城墙，一只弓着背的黑猫。
有毒的甜味在舌头上推进并且受到欢迎。
哦，这样一个荒唐的地方，
这样一种黑辣椒的气候！

我站在户外，隔着窗户看自己。
多想拍醒这个近视、驼背的家伙！
看他捧着字典的砖头翻找生死奥义，
我就痛苦得想钻到地缝里。

## 16

三个通宵！——写作，翻译，看碟。
第三天夜里，007看一半，睡着了。
现在我醒来，窗外
春潮闪耀。

有时我想：诗歌算什么，
在这骄傲，昏聩的年代！
但是，一行行它们显形，
在白纸上，在心灵的白石头上——

另一个世界发给我的传真。
有些话，现在看不懂了。
在梦里，连词语也喊打喊杀

醒来又变成爱。
我还会写下去，写下去，
像在假想的永恒中埋头劳作的炼金术士。

## 17

湿透的阴影中
盲人影院对世界侧目而视。
许多人进进出出，
倨傲地昂着头。

他们看见什么？
无穷无尽的玫瑰，像眼皮上颤动的太阳，
还是恐怖的黑影，在四周的冷气中翱翔？

他们听见流水，狗吠，
听见恋人的絮语持续的爆炸，
他们紧抓住扶手生怕被抓走。

听电影的人，他们不看，
却比我们看得更多更远，
远到黑暗深处——
那儿，正涌出无穷无尽的玫瑰。

## 18

热雪包围了边城。
我伸出手——
五条道路
冲着五个方向。

但我哪儿也不去。
小酒店里，我跟疤脸对视。
他向我点头，
我也向他点头。

我来到陡峭的山坡，
我看见有人放鹰，
有人吃土。

热雪包围了我。
跳蚤从肚皮跳到秃顶。
除了无人的雪线，我哪儿也不去。

## 20

光阴在新鲜的溃败上飞逝，
冰川融化，山脉冲进大海，
粗大的绳索在人类的屋顶
吱吱响！

长反骨的园丁举着大剪刀，
孩子们抱住脑袋尖叫飞跑。
荒芜太久，阴湿太久，
人心长出可怕的怪兽。

为纪元的覆灭或寿终正寝
准备了那么多鲜花和大坑，
那么多白手套在污水池上翻飞。

等待，等待。
恍惚中看见断线的蓝风筝
在独角陵墓上空飘扬，无声无息。

## 21

清凉的远山，滚烫的肉体。
雪，蝎子，岩石上的嫩芽。
南风刮来大雨和陌生的恶疾。
女孩在镜子的屋里脱光自己。

哦，让我的灵魂像鹿角，
去无人的远方漫游。
知识喂得我奇形怪状，
让天上的星辰改正我！

整个世界都病了——
巨大的游乐场里，
人们在伪幸福的气味中痉挛。

而黑暗中的勇士会打开缺口，
像刀子捅开画布，
让这边和那边，对着一跳！

## 22

繁华地段的本地人和外乡人，
交易所里的老百姓和眼镜们，
广东话湖南话，四川话东北话
混乱的云团跟着电车一路疯跑，
奇异的表情下边燃烧的乌托邦！

三个别墅三个情妇，三只戴钻戒的野猫，
存折上一个又一个零像深水鱼吐出的水泡。
摩天楼顶层写字间里忙到半夜的是他的替身，
而他在临海朝阳的山坡上给自己订了一块墓地。

穿过硫酸味的烟雾，
我看不见我的乌托邦，
抓不住弃我而去的纯洁。
我门户大开，像紧张的瓷器店，
等着大象訇然闯入。

## 23

沉浸在回忆中的人是可怕的，
他会看不见迎面驶来的火车，
他会在野猪的队伍中回想起
早年的温柔，眼中满含泪水。

回忆是和闪光的部分幽会，
避开难过与悔恨，
有时根本做不到——

只要想起某个姑娘，
她身后总是跟着可疑的人。
沉浸在回忆中是可怕的——

有时闪电迎面劈来，
像一只无情的手，
从他身上搜出滚烫的情书，
枯萎的蝴蝶和誓言的碎片。

## 24

伊丽莎白·泰勒人老珠黄了。
她的脸曾是世上最美的，
她的床让男人垂涎三尺，
她和世纪一同进入迟暮。

没有黑暗，没有月亮，
我们的心仍是冰封的海，
我们手上只有死去的鸽子——
但斧子，斧子在哪里？

贩卖香水的小商人进入遥远的省份，
他会让到处是羊粪的地方闻上去像巴黎。
可爱的男人呢？他们在哪儿鬼混？

留在泰勒身上的是癌症，第九任丈夫。
月亮照耀好莱坞和泰姬玛哈陵。
闷热中鱼儿全都浮出水面，张大了嘴。

# V

## 给你的信

# 云

夜深人静。
没有谁注意这朵云，
除了某个像我一样
满心温情的人。

你在哪儿呢？
这是藏在显影液里
久久不肯显形的谜语。

2005

# 雨

来了，
这细小
闪亮的精灵，
没有任何预兆。
打在贫瘠的青瓦上，
打在午夜的窗玻璃上，
打在窗玻璃上的大红喜字上，
打在废弃的车间、会堂和旱死的秧苗上，
甚至飘进屋里
打在我的写字台上，
打湿我正在读的《生死书》……
干旱三个月，
昏沉沉三个月，
无数次兴奋地望着
电闪雷鸣的天空，
无数次电闪雷鸣后，
只有吝啬的一滴两滴。

现在所有人都睡了，眉头紧锁，
所有人嘴角都磨出血泡，
所有人都在说梦话，
仿佛害着热病。
突然，来了，
这古老的精灵，
这考验我们意志的东西
来了，
来擦亮我们快要被铁锈覆盖的
肿胀的眼睑。

2005

## 幽暗之地

我向湖心扔出一颗石子。
没有回声。

我向小鸟投去欢喜的一瞥。
它们只顾啄虫子，不理我。

从前的我裂成碎片，
新的我在幽暗之地
闪烁不定。

2008

## 死者遗留的花朵

李太白，
伽亚谟，
密茨凯维支，
唯有你们遗留的花朵
才像镜子一样
映现我真正的面容。

2005

## 月亮的冰块

黑夜凝固了，
大河般的黑夜凝固了。

我站起来，
无数碎片飞进瞳孔。

大河般的黑夜。
它的褶皱，它阴沉沉的旋涡
黑暗的青铜。

我听见茫茫世界
只剩下我的心跳
和你的心跳。

不要紧，
我在这里，
永远在这里。

月亮的冰块那么小，

那么小。

不要紧，

这还不是死亡，

这还不是永别。

仍然是月亮，

仍然照耀着，

仍然可以

抵达我心上。

2009

# 雨

雨下着，下着，下着。
下在黑色的北方，
下在绿色的南方，
下在无动于衷的大地上。

他们都睡了，
缩着冰凉的身子，
直到天亮都不会暖和过来。

他们睡啊，
他们睡。
唯有我和雨醒着，
唯有被雨水溅得发亮的黑色醒着，
唯有被雨水溅得发亮的银行门前的石狮子醒着。
白天的争执已经平息，
白天的苦味还未消散，
我看见人们从昏睡中站起，

友善地伸出手，
又尴尬地缩回。
在颠倒的梦中，
他们的气味更强烈，
他们的动作更骇人，
好像要把别人脑袋
拧下来！

雨下着，下着，下着。
下在黑色的北方，
下在绿色的南方，
下在无动于衷的大地上。
那么多争论躺下了，
闪着凶光的铁钉
变成安安静静的麦秸。

2003

## “我有一个梦寄存在老火车站”

我有一个梦寄存在老火车站，
回不来了；
我有一个杂物箱留在边疆，
回不来了；
我有一根刺埋在身体里，
我有太多美好的愿望
烂在地窖里。
现在只能用减法，
好让我日渐衰老的肉身
与梦的残片
保持平行。

2009

# “我在这一站待得太久”

我在这一站待得太久，
把中途当成故乡，
当成必须咽下去的
冷饭团。
我的亲人，我的朋友
都走了，
谁也没喊我。
我就这么耽搁在路上，
呆呆地坐在候车室
或发霉的旅馆里。
我的心绪如风中落叶，
不得安宁。
我的身体浸染了本地的颜色，
本地的气味，
而我无法加入他们的
任何一伙。
有时我像一件遗忘的行李，

呆呆地等着主人
回来找我，
把我带走。

2005

## “万家灯火的荒凉”

已经太久没有看到那些白杨，
已经太久没有你的消息。
风中的气息没有任何暗示。
风中没有任何气息。

撇下广袤的荒凉，
进入更大的
万家灯火的荒凉。
这滋味，无法跟你说，
无法跟任何人说，
只有吞进肚子，
像一块生肉
在我体内
翻涌不息……

2006

# 微暗的火星

我没有汽车，
无法在狂暴的一刻
突然加速。
我没有翅膀，
无法在你需要的时候
飞到你身旁。

我所有的冲动
都变成微暗的火星，
只剩下一点点勇气，
可以在突然停电时
让困在电梯里的我
将呼吸慢慢调匀，
等待救援。

2006

# 给你的信

给你的信始终没有发出——
我们的过去，
我一刻也没忘记……

闪亮的铁轨，
昏暗的信号灯，
迎面驶来的列车，
紧靠在一起又分开的两个孩子……

从前你总是给我写信，
告诉我你看见这个，
看见那个，
样样都让你兴奋。
我也给你写信，
用抽象的语汇
描述心中
奇异的感情……

在我们望着别处的时候
时间的列车
把往事的废铁拉走了……

2006

# “不会太久”

不会太久——
他就在附近，
在黑暗的铁的叶簇后边。
我听见有人喘息，
我闻到古怪的气味
苔藓一样
粘在我的外套上。
不会太久了。
我已感到奇异的热
奇异的光
在黑暗的铁的叶簇上震颤。
锋利的刀捅进岩石的肉，
而我将安然度过，
像从前一样，
轻盈地穿过噩梦的罗网……

2007

## 极限

已经是极限。
我们不会靠得更近。
在对生命有了完全不同的看法以后，
已经没有靠近的必要。

让我们在太空中
钓未来的鱼吧。
但是我们不会钓到
我们的本性之鱼，
它已成功溜走，
连根鱼刺都没留下。

2007

## “你在黑暗中看我”

你就在窗外的黑暗中，
我摸不到你。
你在外边，
我在里边，
我摸不到你。
我以为在下雨，
但是没有。
我已很久没感到你在黑暗中看我了。
你在黑暗中看我——
锥心的刺痛！
唯有浩瀚的虚空
托住我，
不让我掉下去。

2012

## 与不识字的生灵在一起

悲痛成为面具，
摘下它！
空气变成水泥，
击碎它！

我要回到人间，
呼吸大地的气息，
活人的气息——
就连仙人掌那可怜的小花
也是令人陶醉的。
我要与青草、小鸟和树木
这些不识字的生灵
在一起。

一些人放下欲念，
追赶他们的大神。
一些人向我走来，

在我刚刚离开的地方坐下，
打开我刚刚看过的书，
入迷地读起来。

2013

## “一滴水，亿万滴水”

给我一个房间，让我安放我的宇宙——
那些书，那些思想，神奇的通道，不知通向哪里。
那些气味也是，那些清瘦的形象也是，那些肥胖的形象。
给我一阵清风，让我从分分秒秒的死亡中醒来。
给我一枚银币，让我仅仅看它美丽的纹饰，闻它淡淡的气味
而不是去商场把它花掉。
一个人，一滴水，
一滴水，亿万滴水，
亿万众生，亿万漂浮的小银球，
彼此看得清清楚楚，谁也不渴望进入另一个。

2013

# “今夜，月亮似乎要将我吸到空中”

今夜，月亮似乎要将我吸到空中。

我不安于地上的一切已经太久，
我蓄了浓密的胡须又把它剃掉，
我写过火焰般的诗歌如今我宁愿什么也没写，
我在不同的年龄遇到不同的真理但情欲的洪流
总是将我卷向低处，
我背诵过的语录和箴言
都没在我心里留下痕迹。
我受到恶吏和汽车这些反真理的东西的迷惑，
我以烈士的姿态一次次将语言的炸弹扔向它们，
我在心中默念：
“侵害无辜者、纯洁者、无罪者，这恶行回报愚者，
　　犹如逆风抛撒灰末。”
我并没有白白地燃烧我的怒火，
我并没有虚构一个不存在的地狱，
只要我看到今夜的月亮，

只要我翻到这一页，
我就知道，燃烧在我心中的火焰
也曾燃烧在佛陀心中，
只要我看到今夜的月亮，
我就知道，我自大地以为早已完成的自我
依然是渺小的——
他舌上的毒刺
并非为了爱和正义，
他心中的欲念
恰恰是纯洁的反面，
他已经厌倦，
却还没有觉悟，
他在觉悟的门槛上徘徊又徘徊
直到铁门砰然关上。

2010

## 赤诚的心

时光的利爪将我撕碎！
你看到的我
是一具拼贴的躯体，
我身上的每一部分
都已忘记自己的源头。

我在桥上听见美的回声，
我在水中看见绝色的倒影。
哦，要用怎样的黏合剂，
才能将痛失的一切
粘在一起！

我这个梦游者，
我这个痴汉，
在五脏六腑的黑暗中[①]

---

① “五脏六腑的黑暗”，引自意大利隐逸派诗人夸齐莫多的诗作。

寻找不复存在的自己，

我那颗赤诚的心

被一股阴风

刮到地狱的夜色中去了……

2012

# “两块石头比两个人更像夫妻”

有时，两块石头比两个人更像夫妻，
在荒凉的山上，
比人更忠诚，更长久。
时间将它们打磨得一模一样，
在荒凉的山上，
在荒凉的光阴中，
不知道什么叫忍受，
什么叫不朽。

2007

## “一直是我一个人喊叫”

我已经喊得太久。
现在我坐下来，
凝望大海。
岩石太高，
波浪太高，
你看不到我，
你听不到我。
你不会喊叫，
你从不喊叫，
一直是我一个人喊叫。
现在我累了。
我坐下来，
凝望大海，
并不关心我凝望的大海
是否存在。

2007

## “只要转过身面对她而不是他们”

我还没见到我满头白发的模样，
我与青铜而不是百合在一起，
我还能在光滑如蛋的世界的面孔上
凿出小小的黑洞——

我听见有人喊。
不是我。

有人拍拍我肩膀，
问我要不要把身上的灰拍掉，
进屋洗个热水澡。

天啊，我只是站错了地方，
只要转过身，面对她而不是他们，
紧抱住百合而不是冰冷的青铜……

很久以来，

我像一块被人念了魔咒的石头，
面朝可憎的方向，
动弹不得……

2005

## 回到你们里边去

已经没有什么可以收复，
燕子和蓝天埋在土里。
我们再也不能
把苦难的身子赎回来。

很快就会凉爽，
我要把门关上，
我要对你们说，
我到我里边去，
你们也到你们里边去吧。

2008

# 我和他们亲热不起来

阳台种了许多花，
书柜占了五面墙。
紧挨天花板的书
近在手边的辞典
有时是生命的一部分，
有时完全不是。

杂物间里几个箱子
搬来那天就没打开，
上边积了很多灰，
如果不是我拦着，
你早把它们扔了。

时间过去很久了吗？
时间是怎么过去的？

从前我滔滔不绝，

现在我沉默寡言——
一直紧闭的嘴
已获得紧闭的形象，
而你总以为我有话要说。

在这儿住了那么久，
我和同一幢楼里的
老人，孩子
我和一同挤电梯的邻居
和门口盖着防尘罩的小汽车
亲热不起来。

读了那么多伟大的书，
一点也没让我变得伟大。
你让我说话，
总让我说话，
我一直说，
你听不见。

你会听见

我就在你身边，
即使在你入睡的时候。
我去过可怕的地方，
与胆怯的人一起
翻过危险的铁栅。
那仍是灵魂可以控制的范围，
仍在你的爱可以刺痛我的空气中。

2008

# 伟大的腹稿

不要在他的生活中放入紫色，
不是他的颜色。
不要将他选中，
违背他的意愿。
他不相信侏儒的小圈子
可以构成伟大的国度。
他能捕捉比紫罗兰的小花更幽微的
明亮的眼神但不会停下脚步。
他能识别形形色色的造作。
只在停电时点蜡烛，
强烈地反抗谶语——
他怕那里边有他的命运。
他的热情，他的火焰
只留给他的神奇国度。
那些神奇的国民——
他们死了而他们随时复活，
他们活着而他们随时死去。

他们活着，
将铁丝网当作天国的竖琴。
他们活着，
不用护照，不用翻译。
他们活着，就在他身边，
神奇的国度，就在他身边，
而他要用很多年，抹掉无数废话，
而他要穿过塔克拉玛干，越过冈底斯，
穿过善的骸骨恶的罗网，
被欲望的暗礁撞得遍体鳞伤，
才能抵达。
他会和上师彻夜攀谈，
他会和更多的人擦肩而过。
他不相信窗外沸腾的
侏儒的国度，不相信他们的仙人，
他们的天梯和他们的神油。
他相信自己滔滔不绝的
坏话，针对洪水滔天的坏世界。
他相信他们全都有话要说但谁也不说，
显得他心胸狭窄——

一个被怒火裹挟的蠢汉。
他受着口业的惩罚而他们
正襟危坐，滴水不漏，
他们金刚不坏，貌似不朽。
而他与那些死者更亲密，
不论他们是男是女，
不论他们希腊还是波斯，
写诗还是上刀梯。
他热爱蔑视帝王的醉汉而今年三月
他将把酒戒掉明年年底他将与女人
绝缘在他终有一死的肉身发出幽暗的
紫色信号之后。他不会停止他的爱尽管没人知道
他爱什么。如果有人看见他和一个女人进了大酒店
只能说明他们嫉妒，如果有人看见他和两个女人进了大
　　酒店
只能说明他们是骗子。
他心里一直有个伟大的诗人在打腹稿而他写不出来——
可能是汉语的哈菲兹，也可能是汉语的
阿姜查，可能是恩培多克勒，
也可能是苏东坡。

他惊诧有时他和他们融为一体而他
从未如此灿烂，
从未如此热爱真理，
从未如此欲火焚身，
从未如此纯洁无瑕。

2013

## 无声的法则

现在你必须将春天
和神的女儿删除，
她们的香味
一模一样，
其中一位
纤细的脖颈上
有着神秘的
金色汗毛，
令你尤其难舍。
你必须安心于你的一部分
已经石化。
你必须出席对你的审判。
你必须从无人的高地
回到人声鼎沸的平原，
你在那儿看到的云海，日出，千山万壑，
你不能夸耀它们胜过无赖汉手里的酒杯
和他们怀里

有着黑色汗毛的美人。
你的血太稠、太热，
必须稀释，必须冷却。
你必须放下厚厚的哲学书，
直接进入哲学。
你必须在理发店坐下，
让师傅剪掉你的长发，
只需两分钟，
你那卷曲、闪光的蛮性
就会落在地上。
你必须回到地上你已悬挂太久，
你必须回到亲人身边你已浪荡太久，
你必须严守无声的法则，
在规定的时间
交出一切。

2009

# 及时转身

黑暗中已经有人起床，在清晨五点。
所有人都在酣睡，除了那些永远在晚上九点
上床，永远在清晨五点起床的人。
他起床，书桌前坐下，额头冲着窗外。
他身上某种神秘仪器开始接收
来自宇宙的信息。当某些词语，某些意象
如银色蠓虫，冲破混沌向他飞来，
他开始写，一道河流冲开稿纸上厚厚的淤积层，
一道汹涌的河流，暂时泥沙俱下，
很快分出一条条枝杈，渐渐清晰。
他听见神奇的鸟鸣，远胜过粗鲁的鹦鹉无礼的八哥，
他看见新鲜的光，远胜过恶俗的朝霞。
他知道，他已进入诗歌，
他疾走，仿佛足不点地，
仿佛在飞。正是所有诗人梦寐以求的一刻——
将笨重的翅膀扔进橱柜，
用无法永久占有的翅膀

短暂地，飞一会儿。
喜悦充满了他的心，
仿佛置身天国的光辉。
他想起从未想起过的，
他怜悯从未怜悯过的，
他爱那永远不会爱他的事物，
再也不会像从前那样
哀悼尚未死去的活人。
这时窗外行人渐多，
他们向着集市走去，
人的气味渐渐升起，
飘向他的窗口，飘进他的鼻孔。
刺耳的女教师在操场上训导儿童的声音，
汽车跃过人们头顶时发出的令人心悸的怪叫，
这些泼在四周的污水丝毫未能将他弄脏。
他穿过人群，犹如一条神奇的鱼，
他穿过有毒的空气，犹如一枚飞箭，
他穿过钢铁、水泥和人的妄念织出的城墙，穿过看不见的警察、税务官和经济学家的大脑，
他发现陈旧的秘密用抽象的表格和天书般的文字公布在

今天的报纸上，

他说，愚人啊愚人，只要及时转身，我们就不会死！

2013

## 哦，骑手

深夜的瀑布，
轰鸣的瀑布，
哦，透明的骑手，
你看不见他。

白昼的黑暗中，
白昼的泥泞中，
哦，勇敢的骑手，
轻盈地穿过阴暗的人群。

每年一次，他看到自己清晰的倒影，
每年一次，他在他变成新人的瀑布中尖叫，
如一头快乐的小鹿。

也许，是佛祖的一句箴言
令他醍醐灌顶，
也许是街角流浪汉响亮的喷嚏，

反正不是撬动世界的
华尔街的魔头，跨国公司的主子，
不是石油皇帝，不是汽车国王。
他在急流中旋转
如一根无知的圆木，
他跃过万丈深涧
如一头无畏的小鹿。

每天夜里，
他听见尚未熟透的智者
在屋顶上
悲怆地呼喊。

他听见箴言的一百零八种阐释，
他看见影子的影子，看见那些
迷恋绣花鞋里的小脚和青花瓶上的恶龙的家伙。
他宁愿和牧羊人、水暖工和扳道工
一起躺在山坡上，
他宁愿和做豆腐的、剪羊毛的、
开卡车的、为客人洗脚的、高空擦窗户的

一起坐在地上，
抽劣质烟，喝最便宜的酒……

去过罗马，去过巴黎，
他不能和他们坐在一起，
不能和他们谈论欲望和欲望的合法性，
阐释的阐释和影子的影子。
他提起心爱的奥勒留，他们笑了，
露出皇家学院的假牙。
他把那颗朝觐的心
从飞驰的窗口扔出去了。

他宁愿躺在他们中间——
牧羊人、矿工和扳道工，
在山坡上，
在星光下。
他宁愿和他们坐在一起——
风韵将尽的女人，从未发表作品的小诗人，
被末世谣言吓得发抖的家长，心惊胆战的外科医生……
他从奇异的绞架上溜下来了——

重如石板的经典，
近似黑话的誓言，
公马放屁般的聒噪，
硫黄味的
文化的酸雨。

曾几何时，
他的心被时髦的天国劫持，
他以为那是最好的设计，
完美，高贵，坚不可摧。
当他掉头而去，
就像被人施了魔法，
那一切轰然坍塌。

本质的瀑布，
重生的瀑布，
哦，骑手，
冲进去！
冲进去！

如一头快乐的小鹿！
如一头无畏的小鹿！

这光线，
这光线中的金子，
这分分秒秒都在变的景色，
这不能用永恒来亵渎的
不可转让的美……

2008 / 2013

# 黄昏的天色无法领会

黄昏的天色变得怪异，
像宁玛派僧侣在诵经。
在无法领会的事物面前
我们只能保持肃静。

2006

## 灰蓝

而时间自波浪中耸起脊背，

越来越高，

越来越大，

直到整个大海

整个天空

都是它

光滑

雄伟的

灰蓝躯体。

2012